KB054052

붉은색 옷을 입고 간다

붉은색 옷을 입고 간다

초판 1쇄 발행 | 2022년 11월 3일
초판 2쇄 발행 | 2023년 6월 13일

지은이 | 김윤삼
펴낸이 | 황규관

펴낸곳 | (주)삶창
출판등록 | 2010년 11월 30일 제2010-000168호
주소 | 04149 서울시 마포구 대흥로 84-6, 302호
전화 | 02-848-3097
팩스 | 02-848-3094

ISBN 978-89-6655-155-2 03810

붉은색 옷을 입고 간다

김윤삼

시집

삶창

시인의 말

확실한 것을 말하라면 산다는 것과 죽는다는 것이다.

그 여정으로 가는 삶을 시로 담았다.

그래서 유독 죽음에 대한 언어들이 많다.

고등학교 실습생 신분으로 시작한 조선소 하청노동자 5년, 자동차 노동자 32년 중 노동조합 활동 30년이 전부다.

죽음의 삶에 대한 승리는 영원히 지속된다.

그 어떤 변화 가능성도 탈출구도 없다.

열쇠를 집어넣어도 문을 스스로 열어젖히지는 못하기 때문이다. 문을 연 것은 죽음의 관을 몰고 온 거센 의지다.

조선소 하청노동자 5년은 자동차 노동자 32년의 세월과 맞먹는 고통이었다. 아니 그 이상의 것일 수도 있다. 힘든 노동과 많은 죽음의 서사를 직접 보았기 때문이다.

의지! 고통을 해방하는 자와 기쁨을 가져오는 자의

이름이다. 의지의 본성은 자유다. 시간의 흐름 앞에 흐름을 꺾을 수도 없고, 역행해서 되돌릴 수도 없다. 생겨나는 모든 것은 소멸하기 마련이다. 정면으로 맞서야 한다.

왼쪽과 오른쪽으로 이어지는 두 개의 길은 과거와 미래다.

과거와 미래를 만나는 순간의 지점이 현재다. 노동자 삶 순간의 부분들을 담았다.

못난 삶의 언어들을 도와주신 분들이 많다.

모든 것은 원이다.

살아가면서 되새김질하며 갚겠다.

차례

1
부

붉은색 옷을 입고 간다

죽음 복 타고났네, 살아서 힘들게 살더니만

좋은 복은 고통 없이 자다가 죽는 복이다
누워서 똥오줌 받아내다 돌아가신 엄니가,
살아생전 당신은 그렇게 못 하시면서
늘 읊조린 말씀이었는데

꼬이고 꼬인 실타래 삶,
갈 때는 한 방에 시원하게 가네
살아서는 돈도 못 벌어 집안의 천덕꾸러기더니
돈 안 들이고 혼자서 그냥 갔네

잠들어 누운 몸도 내려다보고
공사판 일하고 돌아와 곤히 누운 마누라도
배때기 내어놓고 자는 새끼 두 놈

붉은색 옷 입고 가야지
누가 쳐다보고 욕하면 어때

노동해방이랍시고
빨간 머리띠 빨간 조끼 좋아했는데 뭘

손해배상, 가압류와 어깨동무하고
더 이상 눈치 안 보는 세상으로 떠난 이의 장례식에
검은색 옷이 아니라
붉은색 옷을 입고 간다, 나는

꽃무릇 핀 날

꿈자리 사납다고 출근하는 김 씨에게 소금을 뿌립니다

새벽밥 먹고 출근하지 마라는 아내의 말,
당긴 그물이 빈 바다라고
뱃머리를 뭍으로 돌릴 수는 없습니다
야위어가는 등을 먹고 쑥쑥 자라는 아이와
익어가는 아내의 아름다운 삶을 위해

도시락 뚜껑을 여니
붉은 강낭콩으로 하트를 그려 넣었습니다

잊지 마라는 붉은 강낭콩 하트는
사랑할 시간을 남겨두겠다며
원을 그리는 꽃무릇이 되었습니다

깃발

흔들리는 4밀리 용접봉은 어제의 취기와 장단을 같이합니다
굳게 세운 바리케이드는
피를 먹고 우뚝 서 있습니다.

공구 통 들고 오르다 떨어진 생명을 매단
흔들리는 줄을 보며 부끄럽습니다

깃발을 내리지 않아야
저 줄이라도 가능합니다

흔들리는 생명 줄을 보고
자조 섞인 목소리로 푸른 불꽃을 튀기는 용접봉은
붉은 피를 흘리며 녹아듭니다

용접봉에게 부끄럽습니다

지문

겨울날 얼었다 녹았다 하는
청어 같은 뻣뻣한 작업복을 입은
저 사내는 전생이 원숭이였을까?
삼십 미터 아래 도크 아래로
공구 통 멘 채 사다리를 아슬아슬 내려갑니다

한번 내려가면 점심 전까지 오르지 못하는 작업량,
비정규직이라는 멍에가 무겁습니다

바람이 몸을 씻겨 하늘거리는 코스모스가 되어
번쩍이는 물고기로 햇살을 가르며 바닥을 유영합니다

원숭이사다리는 형체 잃은 모습을 무의미하게 내려다보고
얼어붙은 감식관의 장갑 낀 손,
산소통을 교체하려 죽어서도 들고 있는 몽키스패너
온전한 오른손 엄지 지문을 도장으로 찍습니다

간판 없는 비정규직, 사이렌도 울지 않습니다
평소 나라는 말보다 우리라는 말을 즐겨 쓴
그의 지문만이 사람이라고 외칩니다

늙은 바닥

쪼그리고 앉아 형의 눈을 보았다. 튀어나온 눈은 붉은 거미줄에 잡힌 채 하늘을 이고 있고, 차가운 도크 바닥에 펼쳐진 뇌수 위로 형체가 사라진 입은 끊임없이 검붉은 피를 흘려보낸다

통닭집에서 소주 두 병을 마신 뒤 아이들 준다고 산 통닭 봉지에서, 따뜻한 김이 모락모락 피어오르듯 으깨어진 두개골 위로 김이 피어올랐다

사다리를 깨우는 구급차 경적,

살아보지 못한 꿈같은 이야기들은 막걸리 잔에 녹았고
다하지 못한 이야기는 윗도리 깊숙이 월급봉투 속에 담겨 있다

청어 껍질 같은 푸른색 작업복을 입고 나래비로 서서
작업량을 채우기 위해 점심시간이 되어야 내려오는

사다리를
펄떡거리는 물고기가 유영하듯 바닥으로 내려앉았다

몇 번은 죽은 것 같아
나아지는 게 하나 없는 슬픔의 무게에 짓눌린 눈물이 흐르고, 격한 분노로 숨을 몰아쉬게 되는 구린내 나는 삶의 그물을 헤집으며

놓지 못한 힘줄 불끈 솟은 왼손에 잡힌 파이프렌치 위로
크레인 바가지가 아가리를 벌린 채 내려와
흰 천을 붉은색으로 물들이는 비정규직 노동자를 물고 하늘로 올라간다

민낯으로 붉은 웃음 흘리는 늙은 도크 바닥 위로 주머니 속 전화벨은 〈아모르파티〉 유행가로 춤을 추며 떨어진다

하루

공사장 발판이 쓰러진 날
비계공 김 씨는 낚싯줄에 걸린 물고기처럼
안전줄에 매달린 채 그네를 탑니다
잡기 위해, 잡기 위해 안간힘을 쓴
거울 속 내 얼굴은 무자지*입니다

붉으락푸르락 멍 자국도 선명하게
날카롭고 낯선 얼굴이 서 있습니다

오월이 떠나는 날
마트 평상에 앉아
어둠을 끌어다 옆에 앉히고
병원 보낸 비계공 김 씨를 안주 삼아
푸념으로 한잔 들이켭니다

비탈길을 내려다보는 가로등,
나 아닌 내가 하루를 견뎠습니다

* 무자지: 자손을 두지 못한 사람이 죽어서 된 귀신.

트라우마

비대한 몸이라 항상 정상 수치를 넘습니다
몸무게가 넘고,
간 수치가 넘고,
혈압이 넘고,
콜레스테롤 수치가 넘습니다
그러고 보니 통풍 수치도 넘은 나를
의사는 종합병원이라 부릅니다

더미*는 하루에도 몇 번
목이 떨어지고, 팔이 떨어지고, 다리가 너덜거리며
비대한 몸이 시키는 대로 지치지 않고 반복합니다
머리에 심장에 목에 팔에 다리에 센서를 달고
자동차를 타고 질주하다
언덕으로 구르고
화물트럭 모서리를 충돌하고
중앙선을 넘은 차와 정면충돌합니다

일하기 편하다고들 말합니다

혼자 일하는 곳에서
죽음이 하루에 다섯 번이면
한 달이면 백번을 죽습니다

오래되면 익숙해져 쉽게 일해진다고요?

저무는 해가 안개처럼 거드름을 피우는 오늘
바닷속으로 떨어져 발버둥 칩니다
어두운 방은 침묵하는 관입니다

* 더미 : 자동차 충돌 실험에서 인간의 상해를 측정하는 모형 인형.

일터

설 자리가 없어 살아 있는 것이 서투른 하루

초봄,
아침부터 내린 비는 저녁까지
하늘이 젖고
봄이 젖고
나무도 젖고 꽃도 젖습니다
가난한 창틀에서 떨어지며 노래도 부릅니다
뼈마디 마디마다 눈물로 박혀
서투른 삶 머리 흔들어 털어버리려
가슴에 불을 지펴도 설 자리가 없습니다
불확실한 언어로 연탄불 갈고
여섯 달 아들 재롱에 웃음이 흘러나와도
비가 오면
일거리 없어 돌아오는 삶은
허공에 발을 딛습니다

소주잔 앞에서

노가다 이야기는 분주하게 떠돌고
노동기본법, 근로기준법 이야기에 열불을 토해도
일용공의 하루는 가슴에 불씨만 남깁니다

거짓말

대오를 정비하고 반격을 준비하는 순간, 따르릉
따르릉 전화가 옵니다
"밥은 먹었나? 몸 성히 잘 있제?"
두 번 세 번 문단속 잘하라 합니다
낙타의 짐처럼 지고 사는 달셋방,
엿장수가 와도 가져갈 것이라고는
양은 냄비와 밥그릇 국그릇 수저 한 벌인데

농성장에서 끓인 어묵국에 밥 말아
쉰 김치를 우걱우걱 먹습니다
평생 빨갱이 소리 들으며 다친 다리를 끌고
술로 세상을 탓하다 떠난 아버지를 감춘 어머니에게
밥 잘 먹고 일 잘하고 있다는 말만 합니다

공치는 날

비가 옵니다
세상을 꽃 피우기 위해
세상에 꽃 지게 하기 위해

대지 틈새에 끼어 있는 나를 향해

비가 옵니다
비가 옵니다

공치는 날,
장마에 지친 농부 마음으로, 비가
용접공 마음에 서걱서걱 내립니다

겨울 강

겨울 강바람이 매섭게 부는 날
겨울 해는 노동 위로 저물어가고
설움을 꽉 문 분노를
고드름이 물끄러미 쳐다봅니다

젖은 작업복을 빨아 입고 기워 입는 동안
밀린 임금은 어디로 가고
짐승의 털로 감싼 몸으로
눈 축제를 기다리는 너희는 짐승이구나

포기 못 하지
절대 못 하지

강물이 얼어붙었다고
얼음장 아래 함성이 사라지는 것이 아닙니다

소주라도 한 잔씩 묵고 헤어져야제
잉걸불 하나 가슴에 재 넣으며

아이들이 기다리는 집으로 갑니다

아직 때가 아닐 뿐입니다

구토

욕망을 게워내는 순간
정갈한 희망이 피어납니다
남은 기억도 핏물처럼 뱉어내면
습관적인 허기의 상흔도 함께 찾아옵니다

모서리가 닳고 낡은 것들
말할 줄만 아는 노비들은
반드시 싸우는 척하다가 사라집니다

물러서지 않은 채
오와 열을 맞춘 수챗구멍이 햇살에 반짝입니다
동정을 극복하면 배신을 이깁니다

간절곶

파란 잠바 왼쪽 호주머니에
깊이 넣어둔 편지를 안고 은하우체국으로 간다
펼쳐진 도로 위, 덜컹대는 창밖
충만하게 멈춰 있다
오르다 내리기를 반복하는 사람들 위로
노란 햇살들이 툭툭 무너져 내린다

수줍게 핀 해국
봉인된 편지를 뜯어 읽는다

해가 가장 빨리 뜬다는 간절곶엔
팔삭둥이로 여물지 못한 마음 담은
은하에서 보낸 편지 수북하다

붉은 줄로 그은 해고 예고 통지서
주소 없는 편지를 엄마는 읽을 수 있을까?

해고 1

밥 먹었나

잊은 적 없다, 출근
늦은 적 없다, 출근
빠진 적 없다, 출투

돛대 부러진 난파선으로 항해한
8년 2개월 27일

잊은 적 없다, 현장
잊은 적 없다, 동지
잊은 적 없다, 월급

허상이고 환상이라 해도 놓을 수 없는
내 삶의 전부라고 믿고 있던
그 무언가가 사라지면 버틸 수 없기에 놓을 수 없다

밥으로 시작해

밥으로 마침표를 찍는
밥 먹었나
그 말 정겹다

분신

그는 온몸으로 노래했습니다
한여름 폭염 속에서
떨어져도 다시 솟구치어
당신의 슬픔을 덜어줄 수 있다면
제 갈 길을 간다고 했습니다

삶의 흔적을 찾을 수 있다면
솟구치다 다시 떨어져도 좋다고
처절한 고통의 끝, 붉게 타올랐습니다

횃불이 된 그의 몸은
인간답게 살아가는 세상을 말하며
투쟁과 함께 타올랐습니다

아스팔트 열기가 아지랑이로 변해
스멀스멀 피어오르는 날에는
그 외침을 잊을 수가 없습니다

나, 는, 노, 동, 조, 합, 을, 사, 랑, 합, 니, 다
불길에 휩싸인 그가 심장에 비수로 새긴 언어입니다

해고 2

뜨거운 철판만이 기억하는 여름

다시 온다는 당신은
안개 너머로 사라졌습니다
아롱거리는 열기가 계절에 지워져
해가 뜨면 사라지는 신기루처럼
언약이 낡아 없어질 때쯤
움푹 파인 상처 위로 동백이 피었습니다

눈에 보이지 않는 바람에 나무가
원하는 방향으로 서걱서걱
이리저리 휘고 시달리듯
지워진 약속처럼
희미하게 자란 틈 사이로
작업복이 붉게 피어 돌아왔습니다

술잔

마지막 잔을 눈물로 채우는 때가 있었습니다

굳은 다짐을 하는 믿음이 담길 때도
학교 갔다 돌아온 동지의 회한이 담길 때도,

목련꽃이 제 모가지를 뚝뚝 자르는 날
고봉밥을 주는 함바집 아줌마는 소주 한 병을
말없이 덤으로 주었습니다.

떠나가는, 떠나가는 마음을 주체하지 못해
밥숟가락은 고봉밥을 먹는 내내 흔들렸습니다
어둠이 우리를 가로막지만
내가 먹는 술과 네가 먹는 술과 우리가 먹는 술,
아프지만 가장 맑은 눈물로 먹었습니다
누군가 해야 할 일이라면

제수씨와 조카는 걱정하지 마라고 말입니다

면회

형석 아재 외동딸 은아 보는 날
목포 포구는 늘 절룩거리듯 비가 내리고
즐거움이라는 말 한마디에
형석 아재는 꾹꾹 눌러 정성을 다해 편지를 쓰고
어둠을 삼킨 마음에는
늘 비릿한 물꽃 향기가
불 밝힌 나선형으로 꾹꾹 녹아들어
막걸리 한 사발에 삼킨 울음 뱉어내는
국민학교 나온 형석 아재 편지는
읽는 내내 촛불 냄새가 난다고
은아가 말했습니다

불빛은 늘 직선운동이라고

출옥

잊은 적 없다 말하고 떠난 너는
눈물 강을 건너왔다

지우고 나면 다시 인화되는 시간 속으로
아픈 벚꽃들 잎을 씻으며 갈지자로 떨어져
아주 낮게 흐느끼다 어깨가 젖는다

웃으면 일그러지고 울면 터져버리는
네가 떠난 새벽길

춥고 어두운 싸움이 되어
울음 삭이던 마음
더 이상 움켜쥘 것도 없는
한 줌 눈물로 마른 목을 축이며
눈동자를 다 움켜쥐고 그렇게 흔들리고 있다

밭

마늘 심었으니
이 밭은 마늘밭입니다

밥 먹어야 산다고 기름밥, 눈칫밥, 쉿밥 다 심었습니다
마음이 이겨내지 못할까 봐
노동이 이겨내지 못할까 봐

중요한 건 씨를 뿌린 것입니다
자라지 않아도
싹이 트지 않아도
뿌렸으니 언젠가는 틔웁니다

10년이면 어떻습니까
두 팔 벌려 일어서는 싹을 기다리면 됩니다

라면 하나

라면 하나 끓여 딸아이와 먹는 휴일의 늦은 오후
"아빠가 끓여주는 라면은 언제나 맛있어."
그 소리에 주마등으로 소환된 기억들,
골방에서 라면 하나로 셋이 먹는 날
냄비에는 국물 하나 남지 않았습니다
한 놈은 세상 바꾸는 꿈꾸다 하늘나라에 있고
한 놈은 여직 현장과 변해버린 달셋방을 기웃거리고
남은 한 놈은 여기저기 글을 염탐질이나 하고 있습니다

먹먹한 날
가끔 곤로에 눈물, 콧물로 끓인 라면 하나에
남은 건더기가 보고 싶은 날도 있습니다

2
부

밥

밥상머리에서 밥 가지고 장난치면
어머니한테 혼쭐이 났습니다

어느덧, 어른이 되어
밥 한 그릇 먹기 위해 자본가의 밥이 되었습니다
쉰밥이라도 한 덩이 얻으려고 새벽 인력시장 가면,
저울질하는 현대판 노예시장을 봅니다
얼굴빛을 보며 힘 좀 쓰는지,
눈빛을 쓰윽 휘두르면
흰 이빨을 드러내며 씨익 웃습니다

닮았다

닮았다니,
검게 그을린 얼굴로 공사장에 나타나
말똥구리 쇠똥 굴리듯
시키지 않아도 척척 일을 잘해서

사람들은 나와 닮았다고 하지만,
닮지 않았으면 좋겠습니다

내가 일하는 곳
누가 나를 닮았다는 것은
어깨 으쓱 할 일이지만
닮은 사람들 함께 살아 밥이 고픕니다

쇳가루 묻은 눈물 흘리며
아이들 옷을 사기 위해
학교 보내기 위해
아픈 아내에게 필사적으로 매달린 노동을
그는 닮지 않았으면 합니다

땅강아지

이런 일이 있나
한참을 들여다보니 담장을 무너뜨리고 있네
한 마리 두 마리 세 마리
힘센 앞발 높이 들고 연신 흙 속으로 파 들어가네
어라, 네 마리가 붙어서 도합 일곱 마리가
울타리를 파 들어갈 때
땅강아지가 되어 나도 파기 시작했습니다

지붕 위,
표독스러운 눈빛으로 죽음이 날카롭게 쳐다봅니다
담을 넘어 어둠이 감싼다고
붉은 해가 떠오르지 않을 리 만무합니다
길이 아닌 길도
처음은 길이 아니었습니다

나갈 거야

구겨진 종이 사이로 뭉쳐진 생각의 편린들
꽃이 지는 이유를 알 수 있을까
함성으로 쏟아지는 질문에 쉽사리 찾지 못하는

덤불만 남은 언저리 오다 가다를 반복하고
지키지 못한 약속은 허공에 단어를 새기고
꽃이 지는 이유를 찾을 수 없어

깊게 젖은 밤은 밀물 썰물로 흐르다
갈아입지 못한 옷과 양말
소화전 물 시간에 맞춰 머리 감고 남은 물로 씻고 빨고
화장실 물로 사용하는 폐쇄된 공장

마르지 않은 붉은 머리띠를 묶고
살아 있음을 기억하는 고립된 농성장

비 오는 날 나갈 거야
그건 막지 못하겠지

사금파리

먼저 떨어진 빗방울이
가장 먼저 마를 때쯤, 빗방울이

돌확 위

리듬은 떠나고
눈만 껌벅일 찰나

온갖 것들이 소리를 지르며
내리는 빗속에

리듬을 맞춘 비들 사이로

닫힌 몸속에서
소리 지르는 침묵,
가끔 사금파리 비가 이렇게 외칩니다

이의 있습니다!

고양이 봄

고양이 울음소리에 살금살금
걷는 발걸음 장산곶매 깃털보다
얼마나 가벼운지 돌아서다 흠칫,

사뿐사뿐 홀로 펴 올리고
언제 오나 언제 오나 하다가
찬 서리 밑에 깔린 산돌림*에 화들짝 놀라

맵디매운 2월 매화

나뭇가지 위
발가벗은 채 홀로 핍니다

눅진눅진한 농성장 대오 빨랫줄
가는 빗방울 톡톡 튀자
고양이 봄도 톡톡 웃음을 뱉습니다

* 산돌림 : 옮겨 다니면서 내리는 소나기.

울기 위해 세수하는 아버지

일주일 바깥에 계셨나 보다
경비하다 그만두었다고
말 못 하는 무게를 등허리에 가득 지고
온종일 휘청거리며 갈지자걸음으로
아침에 나갈 때도
저녁에 들어와서도 세수를 하신다

"빌어먹을"이라고
엄마는 울고 세수하고
아빠는 세수하면서 운다

나는 일기장에 두 움큼 담긴 슬픔을
빌어먹을,
의미도 모르고 쓴다

발자국

온통 눈밭입니다

컹컹 짖으며 뛰는 마루 발자국은
총총거립니다
출근하는 아들 발자국은
성큼성큼입니다
가진 자가 먹어버린 발로 아버지는 마당을 씁니다
하나는 아들의 발자국, 하나는 마루의 발자국입니다

창문으로 바라보는 엄마의 기도는 늘 같은 마음입니다

진실이 한 사람에게서 잊힐 때 하늘의 별 하나가 진다*

—세월호 7주기 기억식에 부쳐

현관 앞 노란 운동화 한 켤레
먼지 하나 없는 얼굴
시간 거슬러 자리매김해도
엄마가 눈물로 씻어, 흔적 없다

홍매화 봄날 새벽을 열어
방을 기웃거리는 열 살 반려견 마루
오늘도 작은 방을 들여다보고,
서리 낀 주방 창으로 날아오는 햇살
뇌 속을 관통하고 심장 깊숙이 내려앉자

문을 열고
"엄마, 나 배고파"
나를 보고 울음을 터뜨릴 것 같은 아이
저,
진실도 밝히지 못한 내가 끌고 온 길

믿으라고 말한 진실의 기억소자, 양심의 밭에 묻은
썩은 비린내 진동하는 그놈들

모를 일이다
밤새 술 마시며 너를 부르다
쌍소리 섞어가며 부르다 지쳐 잠들 때면
꿈속에서라도 보고 싶다

숨 쉬는 바다
환하게 피어오르는 꽃 덩어리
꽃 지고 나면 잎 보이듯, 기억을 넘어 생명으로
반드시 인양해야 할 그 외침

* "진실이 한 사람에게서 잊혀질 때 하늘의 별 하나가 진다"는 홍준기 신부님 글 인용.

쉰 살에 산

얼굴에 책임을 져야 한다는 오십을 훌쩍 넘어
해가 뜨는 아침과 해가 지는 저녁에
들녘에 핀 야생화며 예쁜 꽃이며
어깨 너머 기웃거리며 사진에 담습니다

이제는,
좋아하는 일, 하고 싶은 일 하자고
삼십 년 넘게 다닌 힘든 노동에 지치고 병든
마음 어루만지고 달래려

차가운 알코올이
물보다 쉽게 넘어가는 시간
산으로 들로 시간을 담고 아름다움을 담아
마음이라도 잘 가꾸렵니다

혹시 압니까
기름과 쉿밥으로 얼룩진 내 안이 꽃밭으로 변할지

3
부

여명

새벽은
어둠 너머에서 옵니다
새벽은
노동자의 붉은 피에 젖어 해가 뜹니다
불 밝히는 하루는 그렇게 시작합니다
여명의 바다를 보면 압니다

편지

읽는 내내 촛불 냄새가 난다고

어둠을 죽여
그리움 삼켜 전하는 가슴은
늘 비릿한 밤꽃 향기가
손가락 타고 심장 지나
코끝에 앉은 그,

제 목숨 던져 불 밝힌 나선형으로
뚝 뚝
힘겹게 번식이 녹아들어
작아지는 생명은 슬픔으로 흩날리고

그녀는 그의 편지를
읽는 내내 촛불 냄새가 난다고

비린내

당신 기억하는 혼자인 겨울날, 낮은 굴뚝 옆 햇볕 자라나는 구석에 몸 기대면 아궁이가 뜨거운 입김 쏘아 올린 비린내 느리게 잠으로 기어 오고 감나무 가지 사이 시퍼런 바람은 말라비틀어진 채 울음을 재촉해 매달린 잎몸 두드려 어둠이 눈뜨면 비린내 킁킁거리고 새벽달 찾아 나선 엄마는 돌아오지 않는다

새벽과 밤의 경계선
늘
비린내는 얇아진 무게들의 저울

불안한 마음 부여잡고 늘 마지막으로 간직해, 가끔 곰팡이가 피어도 하루 두 번 맞추는 시계처럼 한 번 과거 기억하고 한 번 다가오는 미래 지목하는 엄마의 비린내는 숱한 비틀리는 것을 제자리로 되돌리는 우물처럼 깊은, 처음이다

마중물

진눈깨비 흩날려 손 시린 날

따뜻한 마중물에

무화과나무 잔가지의 고드름 떼내려 몸서리치며

한참을 끙끙거리다 끌려 나온 얼음물

손가락으로 얼굴을 찍을 때쯤

고함 소리에 놀란 손바닥은 목덜미까지 한 바퀴 휙 돌고

문간방 넘어 송곳으로 귀가 뚫린 일기장

쫑긋하다, 가슴 뚫어 해부당한 채 바닥으로 축 늘어져

손바닥 보듯 바라보는 아버지 눈을 피해

감춘 이야기 책상 깊숙이 실눈으로 졸고 있고

그리움이 우물에 빠진 날,

따뜻한 물 열 바가지 부어도

나오지 않는 마른 우물은

깊은 아버지를 퍼 올린다

바르게 살자

오일장 열리는 날,

어김없이 찾아오는 손두부 아줌마

말 한마디 않고 손짓만으로 이른 품절입니다

어느 날,

번들거리는 스테인리스 판매대를 앞세운 두부 장수가

플라스틱 상자에 때깔 좋은 두부로 옆자리 전을 펼칩니다

물끄러미 빈 옆자리 바라보는

손두부 아줌마 눈 위로 노을이 반쯤 산허리에 걸렸습니다

눈물 글썽이며 상자를 손수레에 싣습니다

오일장 열리는 날,

두부 장수 험한 말에 말 한마디 못 하는 엄마를

지켜만 보던 초등학교 5학년 국이가

앙증맞은 목소리로 있는 힘 다해 나섭니다

"우리 엄마는 말을 못 합니다. 우리 두부는 아빠가 직접 밭에서 기른 콩으로 만든 두부입니다!"

당황하는 두부 장수가 아이를 어르고 달래도
붉은 얼굴로 말하는 아이의 나무상자 손두부를 삽니다

진심을 잊을 때쯤
오일장, 그 어린아이 절박한 목소리가 떠오릅니다

오솔길

아무도 다니지 않는 길을
구불구불 걷습니다
꽃과 나무들을 찬찬히 눈에 넣고 있는데,
어! 오소리입니다
놀랐는지 미동도 하지 않습니다
한참을 두리번거리더니
나무가 들쭉날쭉 줄지어 서 있는 쪽,
하얗게 흔적만 남은 쪽으로 달려갑니다

홀린 듯 따라갑니다
좁고 작은 길이지만 제법 팽팽하고 단단합니다
길옆으로 고개를 내미는 새끼 오소리가 나를 부릅니다

오소리가 다녀서 오솔길이라는 길을
아빠도 엄마도 아이 오소리도
나도 함께 걷습니다

매 순간 존재는 시작되고
모든 것이 중심입니다

이제는 오소리가 사라진 길,
내가 걸어가야 하는 길입니다

라면을 보면

차마 말하지 못했습니다 추운 겨울날 고기 파는 어머니를 따라다니며 조르고 졸라 라면을 끓였습니다 비싸다고 라면 하나와 그만한 양의 국수를 넣어서 끓인 라면을 그릇에 담을 때쯤, 어머니는 추운 바깥 날씨에 김이 무럭무럭 나는 라면에 코를 훌쩍거렸습니다 코를 빠뜨렸다고 생각한 나는 더러워서 못 먹는다고, 새로 사서 끓여달라고 떼깡을 부렸습니다 안 빠뜨렸다고 아들에게 사정하는 어머니는 결국 동태 열 마리를 팔아야 사는 라면 하나를 새로 끓였습니다

사십오 년이 지난 지금 라면 하나를 끓일 때마다 생각이 납니다

생선 한 마리 구우면 목에 걸릴까 봐 가시를 입으로 오물오물 없애고 주는 고기를 어떻게 그리 맛있게 날름날름 잘도 받아먹었는지,

부끄러움이 푸른 멍으로 가슴에 남았습니다

조율

완전한 온음보다 모자라는 반음
높은음 자리보다는 낮은음 자리로
포르테보다는 아다지오
핏빛 오선지,
삶을 조율하는 작곡가가 있다면
오르가슴에 태어난 나는, 딱 한 번
한 소절만 도돌이표

그 옛날 하늘빛
나의 그림자이고 싶다

지붕

견디는 날들은 바람이 되고
지치는 날들은 소나기가 됩니다

흔들리는 창틀 깨진 유리창 속으로
썩을 것도 없는 하얀 바람이
뼛속을 후려칩니다

돌아가지 않고 아직도 머뭇거리는 당신은
어두운 집 밖에서 하얀 뼈를 드러낸 채
불을 밝히고 있습니다

비가 좀 새면 어떻습니까
내가 나를 알지 못해
들어오지 못하는 당신을 반갑게 맞이하지 못하는
텅 빈 머리는 지붕 없는 집입니다

기다림에 걷는다

당신이 오기로 한 날 무작정 걷는다
기다리는 일처럼 가슴 저미는 일이 있을까

오기로 한 그 자리
같이 걸을 그 길을 혼자서 걸으면
스며드는 모든 사람이
당신일까 눈빛이 반짝인다
기다리며, 오지 않는 당신을 기다리는 동안
해와 달이 지고 비를 뿌리고

기다리고 있지만 지금 오고 있다
천천히 오는 당신 위해 걷는다
숲속 바람이 나무에게 몸 기대어 안기는
아름다운 풍광 너머 저기 어디쯤 오고 있을
당신 위해 걷는 시간

얼마나 눈물 같은 일인가

뿌리로 산다

지그시 바라보는 바다
자맥질하는 파도 위
해저 밑바닥 뿌리를 두고 사는 안개는
파도의 울음을 삼킨다

오만하게 펄럭이며 허리를 곧추세운 파도는
물의 끝으로 힘차게 달려온다
순간 뒷걸음질,
모래사장을 움켜쥐고 있는 바위에 걸려 넘어진다

녹지 않으려면 젖어야 한다
눅눅한 몸을 세워 한달음에 일어나 걷는다
공기 속으로 퍼진 안개꽃이 몸을 감싸고
흐릿한 시야로 걸어간다

모래사장에 남긴 흔적을 지우고
나이테에 색을 입힌 잎사귀를 피워
줄기를 관통하는 부호만 남기고

뿌리는 뜨거운 위로 한 그릇을 낸다

바람

들판을 건너거나 개울을 건너거나
빛바랜 나무들이 떨어도
울음의 결이 단단합니다
구석진 그늘에 누워서도
멀리 가서 돌아오지 않아도
웅웅거리며
창문을 마당을 일그러뜨립니다

마음에 들어와서는
삐걱거리는 심장을 붙잡고 웁니다

할미꽃

찾아오는 봄 맞으며
할미꽃, 무덤 밖으로
수줍은 듯 고개 내밉니다
꽃잎에 젖 냄새가 묻어 있습니다

양지바른 무덤가
할미꽃 몇 송이 옹기종기 모여 앉아
고개 꺾어
추억을 더듬는 데 여념 없습니다

봉분에 미끄러지는 봄볕
내 마음 빗장 풀어 춤을 추고
잇몸 웃음 풀어놓는 허공에서
앞가슴 풀어헤친 반달곰
가뭇없이 내려다봅니다

질겅질겅
삶을 반복하는 무덤들입니다

4
부

흐르는 강물처럼

강물이고 싶습니다
바다를 향해 잔잔하게 나아가는
소박한 목표를 가지고
정신도 담아 유유히 흐르며
모든 걸 포용하고 담아내지만
장애물을 만나면 맞서기도 하고 둘러서 가는
그런 힘을 배우고 싶습니다
변하지 않는 것 같지만 항상 변화하고
고요하지만 결코 머무는 법이 없습니다
걸어온 길에 후회하지 않고
뒤돌아보지 않으며
더 넓은 곳으로 향하는 강물을 닮고 싶습니다

어차피 나아가야 할 길이라면
힘듦과 어리석음에 좌절하거나
두려워하지 않고
묵묵히 흐르는
강물처럼 나아가는 삶이고 싶습니다

함께한다는 것

마음을 움푹 퍼서 믿음을 주는 것
누군가가 되어주는 것
깊숙한 심장 한 켠도 내어주고
기댈 어깨가 필요할 때 빌려주는 것

구불대는 변명보다는 직선의 사과와
물어보지 않고 마음을 비춰주는 용기가 필요하고
쉴 수 있게 다가가 잠시 자리를 내어주는 것

생각하지 못한 어려운 일이 닥치는 순간
설명하기 어려운 일을 설명하고 싶지 않을 때
아무 말 없이 덤덤하게 들어주고 자리를 지켜주는 것

마음에 머무르는 일이
화려한 언변보다, 재치 있는 비유보다
그냥 누군가가 되어주는 것

숲

걸어야만 느낄 수 있다네
오감이 열리고 정수리에 열기가 오를 때쯤
작은 바람의 노랫소리가 들리고
지천에 핀 이름 모를 꽃들이 환하게 반기며
형형색색의 향기로 눈길을 준다네
흰나비가 보이지 않아도
자작나무가 눈길을 주지 않아도
스스로 피고 지는 자연의 경이는
보란 듯이 홀로 치열하게 살아간다네

뜨거웠으니 가라앉는다 해도, 그림자
그저 순종할 뿐

복권 당첨

복권이 당첨되어 큰돈 벌었다는
눈도 발도 없는 소문이 다리를 넘어
이웃 마을에도 퍼지자

딸기 농사는 뒷전,
저잣거리 복실이네 산 복권방을
앞집 뒷집 건넛집도 문지방이 닳도록 다니더니

혹여나 혹여나 하다가
농사는 간데없고
곳간도 비고 난 뒤에 나온 말

송충이는 솔잎을 먹고 살아야제

2등 당첨된 복실이네 큰아들
그 돈 들고 시내로 나가 도박판에 홀딱 넘기고
딸기밭도 넘기게 되었다는

능소화

넘어야 한다
넘지 못하면 갇힌다

번뜩이는 햇살을 받아
기다리다 담장 넘는, 오늘
행동하지 못하는 담장의 비웃음 뒤로 한 채

낡은 누더기 시간 달고
시간의 수분에 굳어 기웃거린 지 수백 년,
경계선을 타고 넘는 데 걸린 일 년

증명할 수 있는 몸 이끌고
범람하는 두려움에 견디지 못한 말들 떨쳐내야 한다

건널 수 없다는 건 절망의 증거다
뒤돌아보지 말고, 멈추지 말고

노루귀

노루귀는 저마다 말을 하고 핍니다
겨우내 숨을 죽인 말들을
하나하나 줄기에다 솜털로 새깁니다
꽃 피우는 만큼 절실하게 못 살아서
얼음 밑에서 핍니다
여린 줄기 위로 선명한 솜털이 붉은 잎을 키웁니다
붉은 잎으로 피어난 각인된 언어 다발들

보고 싶었다 말합니다

선물 같은 사람

처음 본 순간,
전생의 인연임을 단번에 알았지
쿵쿵 뛰는 가슴을 손톱으로 누르며
힘들 때 심장에서 꺼내 보는 6년의 시간들

손만 뻗으면 닿을 수 있고,
고개만 돌려도 웃고 있을 내 안의 너

하늘나라에도 배고프고 억울한 사람 많아
천사가 급하게 필요했나 보다

너를 놓지 못해 힘들어하는 밤
한 번씩 꿈속에 들러 안부라도 전해줘
내가 잠든 새벽에 언제나 함께해줘
언제나 어둠 넘어 새날은 오니까

둘러앉아 함께 먹는 밥상공동체 강을 건너
나를 못 알아보고 건강하게 살래,

아니면 다시 아파도 나를 알아볼래? 하고 물으면
평생 아프겠다는 너를,
당신 곁에서 평생 아프겠다는 너를,

하늘나라에 천사가 급히 필요했나 보다

잠들지 마라

사각형 어둠이 움켜잡은 벽은
빈틈없이 촘촘하다
그물망에 걸려 허우적거리고 신음하는, 나는
물고기로 잡힌 지 오래

한 번도 눈을 감지 않는다

떠돌던 별도 방죽 위로 떨어지고
강 안개 피어
실낱같은 신음 소리 흘리는 강은 눈물이다

느려터진 걸음으로 기어코 가야 할 곳,

낡은 작업복에 핀 소금꽃으로
단 한 사람의 가슴도 지피지 못한 이들이
서러움을 대못처럼 쑤셔 넣은 불평등을
갈아엎고 가야 할 곳

아쟁 소리

마르지 못한 눈물들이 흘렀다
흔들리는 영혼을 잡아둔
그녀의 몸에서는 아쟁 소리가 났다
봄비의 흐느낌이 느껴져 순수하지만
그 무엇보다도 강렬한 마음 한 호흡 가득 차
고단함을 녹이고 낮게 흐르는 맑은 주문의 소리로
귀를 지나 머리에서
심장이 종착역이기에
아름다움을 보는 기준은 그곳,
후회 없이 새로운 꿈을 꾼다

어둠

아무도 기다리지 않는 텅 빈 정류장 모서리에 달이 걸렸습니다 올려다보니 산마루에도 걸려 있습니다 찾는 이도 없는데 기다리다 자리에 앉으니 빈 곳이 나에게 말을 합니다 지나가는 사람 하나 없습니다 달을 품은 구름조차 소리 없이 지나가는데 말입니다 가로등 불빛에 산수유꽃은 낮에 받은 햇살에 노랗게 푹 퍼져 웃고, 나무 위에 걸쳐진 향을 품어내는 생강나무 향도 노란색입니다 지나가는 걸 바라본 지가 얼마인지 기억이 나지 않습니다 먼지가 나풀거리고 있습니다 모서리에 있던 달이 어느새 반대편에 걸렸습니다 당신의 기억에 흔적이라도 남아 있다면 기다려야 합니다 지나가지 않았다면 다 지나친 것 아니라면 언젠가는 붉은 줄 두 줄이 선명한 버스를 타고 오겠지요. 아마 그날에 첫눈이 오거나 까치가 울지도요

갈매기

걸러지고 버려진 것을 주우러 떠난 갈매기
날갯짓으로 햇살을 잘게 부숴 바다로 뿌립니다

수면 위 바람은 이랑을 만들어 씨앗을 심습니다

느리게 이동하는 해의 움직임
행간을 잃은 구름이 감싸주는 포근함에, 더디게 시간은 흘러

창틈으로 바라보던 누군가는
친절하지도 않으면서 친절하기를 바랍니다
사랑하지도 않으면서 사랑하기를 바랍니다
행복하지도 않으면서 행복하기를 바랍니다

걸러지고 버려진 것을 주우러 떠난 갈매기
퍼내도 퍼내도 줄어들지 않는 그리움의 싹 틔우며
한 움큼 푸른 하늘 기억만 눈동자 속으로 납니다

기억들을 가슴에 묻어버릴 때

거친 숨소리를 흘리며
심장에서 자라난 발톱은
허공을 찢으며
오감을 흔들어 깨웠다

의지 하나 없는 약속을 나열한 채
발악하는 나를 떠나 손을 흔들어
한 호흡도 빠짐없이 가득 들어찬
사랑이 녹아든 상처,
마르지 못한 눈물로 채워

기억들을 가슴에 묻어버릴 때마다
홀연히 일어서는
영원히 꺼지지 않는 잉걸불 하나

김민서의 시 낭송

달팽이관이 말하는 소리를 들어보았나요

막걸리가 목젖을 적실 즈음
머리를 풀어 일어서는 바위의 꽃, 미역귀
자욱한 숨소리로 눈꺼풀은 떨리고
복사꽃 그늘 아래 뺨은 발그레 누군가를 호흡하고

한동안 난청을 앓아 보이지 않는 잔가시들의
끈끈한 끈적임이 찰싹 심장에 달라붙어
시장통 질긴 길 위 전봇대도 무슨 음절이 저리 좋냐고
사흘 건너 바뀌는 전단지도 펄럭이며 웃어요

푸른 바다 말 타고 건너*, 소금 속에 사람을 눕히고**
섬은 하늘 위로 둥둥 떠다니는데
이마를 짚는 호흡은 왜 저리 부드럽게 슬픈지
포자로 둥둥 떠다니는 아이의 젖가슴 같은 꽃말,
미립자가 되어 텅텅거리는 심장 속으로
나풀거리는 눈은 왜 찔러 눈물을 심는지,

뼈를 바르고 세포를 뚫는 소름은 뭐라고 해야 하나요

바위에 귀로 살아
바다를 다 담은 울림통, 귀로 낭송하는 그녀는

* 박인환 시인의 「목마와 숙녀」에서 가져옴.
** 문동만 시인 「소금 속에 눕히며」에서 가져옴.

발문

하얀 가슴으로 아스팔트 위를 기는 달팽이

윤창영 시인

1. 들어가며

하얀 가슴으로 아스팔트 위를 기는 달팽이.

김윤삼 시인에게 두 번째 시집 발문을 부탁받고 시를 대하니 먼저 떠오르는 것이 달팽이였다. 길은 보통 인생사를 의미하기도 한다. 인생길은 여러 가지가 있을 수 있다. 숲속 오솔길일 수도 있으며, 흙길일 수도 있다. 아스팔트 길일 수도 있다. 그는 노동자 시인이다. 노동자 삶을 살며 그의 삶을 시로 농축해내었다. 노동자의 길은 한여름 뜨겁게 달구어진 아스팔트 길을 연상하게 한다. 그만큼 쉽지 않은 삶이다.

그는 뜨거운 아스팔트 길을 기어가는 한 마리 달팽이다.

연한 살을 뜨거운 아스팔트에 대고 기어가는 달팽이.

등에 집을 지고 가는 달팽이. 아스팔트 길을 누군가는 자동차를 타고 빠른 속도로 달린다. 누군가는 걸어간다. 하지만 김윤삼 시인은 등에 집을 짊어지고 조금씩 기어간다. 뜨거움에 가슴 타는 고통이 따르지만 연한 살을 아스팔트에 대고 걸어가는 것이다. 그의 시를 보면 아픔이 흠뻑 묻어 있다. 그 아픔은 그의 아픔이기도 하지만 같은 길을 가는 노동자의 아픔이기도 하다. 산재를 당하여 죽은 동료의 아픔, 불의한 자본에 맞서 투쟁하며 노동자의 권리를 지키려는 아픔, 해고로 술잔을 드는 동료들과 함께하는 아픔. 동지들이 그냥 지나치는 아픔을 그는 지나치지 않고, 연한 살결로 뜨거운 아스팔트의 열기를 인내하며 조금씩 나아간다. 그리고 그 아픔을 시로 쓴다.

하지만 그의 시에는 사랑이 담겨 있다. 아픔을 온몸으로 느끼지만, 그의 등에는 사랑이라는 집을 천형처럼 짊어지고 간다.

> 왼쪽과 오른쪽으로 이어지는 두 개의 길은 과거와 미래다.
> 과거와 미래를 만나는 순간의 지점이 현재다. 노동자 삶 순간의 부분들을 담았다.
>
> —「죽음, 서사에 대한 의지」(시인의 말) 부분

'시인의 말'에서 말했듯이 이 시집은 노동자의 삶을 담왔다. 그중에서도 아픔이 절절히 묻어 있는 삶이다. 달팽이의 연한 가슴 부분이 아스팔트의 뜨거운 열기에 닿아 겪는 아픔을 표현한 것이다. 산재로 인한 죽음과 자본과 정부의 불합리한 폭력에 대한 저항, 노동을 통해 가지는 보람과 가족의 사랑이다.

그의 현재는 노동자다. 고등학교 실습생 신분으로 시작하여 조선소 하청노동자 5년, 자동차 공장 노동자 32년. 현재가 과거가 되기에 그의 삶은 노동자의 삶일 수밖에 없다. 그리고 미래 또한 그럴 것이다. 그렇기에 말 그대로 노동자 시인이다.

2. 죽음에 대한 아픔과 서사

사람들은 그냥 자동차를 타고 씽씽 지나가는 아스팔트 위를 시인은 가슴을 대고 기어간다. 한여름 아스팔트 위로 올라오는 열을 가슴을 대고 맞짱 뜬다. 아스팔트 위에서는 수시로 사고가 난다. 가장 가슴 아픈 사고가 산재로 인해 죽는 노동자의 죽음이다. 남들은 사고가 났을 때 잠시 눈을 돌렸다가 자신과 상관없는 일이라며 지나치지만, 시인은 그 아픔을 자신의 아픔으로 인식하고 시를 쓴다.

그의 시 많은 부분이 죽음에 대한 아픔을 시로 녹여내

었다.

죽음 복 타고났네, 살아서 힘들게 살더니만

좋은 복은 고통 없이 자다가 죽는 복이다
누워서 똥오줌 받아내다 돌아가신 엄니가,
살아생전 당신은 그렇게 못 하시면서
늘 읊조린 말씀이었는데

꼬이고 꼬인 실타래 삶,
갈 때는 한 방에 시원하게 가네
살아서는 돈도 못 벌어 집안의 천덕꾸러기더니
돈 안 들이고 혼자서 그냥 갔네

잠들어 누운 몸도 내려다보고
공사판 일하고 돌아와 곤히 누운 마누라도
배때기 내어놓고 자는 새끼 두 놈

붉은색 옷 입고 가야지
누가 쳐다보고 욕하면 어때
노동해방이랍시고
빨간 머리띠 빨간 조끼 좋아했는데 뭘

손해배상, 가압류와 어깨동무하고

더 이상 눈치 안 보는 세상으로 떠난 이의 장례식에

검은색 옷이 아니라

붉은색 옷을 입고 간다, 나는

—「붉은색 옷을 입고 간다」 전문

동료의 장례식이 연상된다. 노동운동을 하면서 힘들게 살았는데, 죽음의 복만큼은 타고나 고통 없이 죽었다. 아이러니다. 사는 복을 타고나야 하는데, 그가 가진 것은 죽음의 복이다.

죽은 노동자의 인생은 노동으로 얼룩진 삶을 살았으며, 그러다 보니 가족도 힘든 삶을 살았다. "공사판 일하고 돌아와 곤히 누운 마누라도" 그것은 자신의 문제이기도 하지만 가족의, 사회의 문제이기도 하다. 사회적 문제를 타파하기 위해 노동운동도 하였지만, 돌아온 것은 손해배상과 가압류라는 족쇄였다.

붉은색 옷은 노동자의 항거를 상징하는 색이다. 시인도 노동자다. 같은 색의 옷을 입는다. 붉은색 옷을 입고 장례식장에 가는 시인에게는 살아서 노동해방을 이루고 싶은 열망이 들어 있다. 그러다 시인이 죽었을 때 누군가는 또 붉은색 옷을 입고 문상을 올 것이다. 노동해방이 되는 그날까지 항거는 이어질 것이다.

노동 현장에서 붉은색 조끼를 입고 머리띠를 한 노동 투사를 보곤 한다. 붉은색은 강렬하다. 강렬함이란 강한 의지를 반영하기에 붉은색은 피와 같은 분노의 색이다. 일을 하다 죽은 동료. 자본가가 안전한 작업환경을 구축했다면 절대로 생기지 않았을 억울한 죽음에 대해 시인은 분노한다. 죽음에 붉은색 옷을 입고 가는 것은 검은색의 추모보다는 강한 분노를 표현하기 위함이다. 죽음보다 절실한 것은 없다. 시인은 그런 절실함의 분노를 시로 표현하였다.

> 원숭이사다리는 형체 잃은 모습을 무의미하게 내려다보고
> 얼어붙은 감식관의 장갑 낀 손,
> 산소통을 교체하려 죽어서도 들고 있는 몽키스패너
> 온전한 오른손 엄지 지문을 도장으로 찍습니다
>
> 간판 없는 비정규직, 사이렌도 울지 않습니다
> 평소 나라는 말보다 우리라는 말을 즐겨 쓴
> 그의 지문만이 사람이라고 외칩니다
>
> —「지문」 부분

원숭이사다리와 몽키스패너가 묘한 대비를 일으킨다.

그리고 지문만이 사람이라고 외치는, 사람대접을 받지 못하고 죽은 노동자의 외침. "얼어붙은 감식관의 장갑 낀 손"은 냉정한 현실이다. 사람으로 대접하지 않는 냉정한 현실에 대해 죽음으로 '나는 사람이다'를 외칠 수밖에 없는 노동자의 아픔을 시인은 함께 아파한다. 그렇기에 그는 뜨거운 아스팔트뿐만 아니라 차가운 겨울의 아스팔트도 연한 가슴으로 기는 달팽이에 비유할 수 있다.

> 쪼그리고 앉아 형의 눈을 보았다. 튀어나온 눈은 붉은 거미줄에 잡힌 채 하늘을 이고 있고, 차가운 도크 바닥에 펼쳐진 뇌수 위로 형체가 사라진 입은 끊임없이 검붉은 피를 흘려보낸다
>
> 통닭집에서 소주 두 병을 마신 뒤 아이들 준다고 산 통닭 봉지에서, 따뜻한 김이 모락모락 피어오르듯 으깨어진 두개골 위로 김이 피어올랐다
>
> —「늙은 바닥」 중에서

사고를 당해 죽은 노동자 모습을 적나라하게 묘사하고 있다. 아이들을 위해 산 통닭 봉지에서 나는 김과 으깨진 두개골 위로 피어오르는 김을 대비하여 슬픔을 극대화하였다. 가족을 위해 돈을 벌러 간 가장의 죽음을 은유한 묘

사가 탁월하여 더 아픔을 느끼게 만든다.

오래된 독(dock) 바닥은 붉은 피로 물들었다. 씻어낸다고 하지만 눈에 보이지 않는 피는 수없이 많이 새겨져 있다. 죽음 속 휴대폰 벨 소리인 유행가 〈아모르파티〉에서 '너의 운명을 사랑하라'는 의지가 느껴진다. 더 강한 인간으로 성장할 수 있도록.

산재사고를 당한 비정규직의 슬픈 현실을 적나라하게 묘사하고 있다. 안전을 외치지만 공허하다. 그리고 나아진 것 없는 산재사고는 반복된다. 노동자는 생명 줄을 타고 오늘도 아슬아슬하게 일한다. 예방 구호보다는 안전하게 일할 수 있는 시스템이 필요하다. 노동자의 힘과 함께하는 연대가 필요하다. 그래야 진정한 의미의 노동해방 세상을 만들 수 있다.

그는 온몸으로 노래했습니다
한여름 폭염 속에서
떨어져도 다시 솟구치어
당신의 슬픔을 덜어줄 수 있다면
제 갈 길을 간다고 했습니다

삶의 흔적을 찾을 수 있다면
솟구치다 다시 떨어져도 좋다고

처절한 고통의 끝, 붉게 타올랐습니다

횃불이 된 그의 몸은
인간답게 살아가는 세상을 말하며
투쟁과 함께 타올랐습니다

아스팔트 열기가 아지랑이로 변해
스멀스멀 피어오르는 날에는
그 외침을 잊을 수가 없습니다

나, 는, 노, 동, 조, 합, 을, 사, 랑, 합, 니, 다
불길에 휩싸인 그가 심장에 비수로 새긴 언어입니다

—「분신」 전문

이 시를 보고 한여름 아스팔트 위를 기는, 타는 가슴의 달팽이를 연상했다. 얼마나 사무쳤으면 온몸을 태워야만 했을까? 얼마나 어두운 노동 현실이었으면 자신의 몸을 불살라 밝혀보고자 했을까? 심장에 새긴 비수와 같은 언어. 뜨거운 아스팔트 위를 연한 가슴으로 기어갈 수밖에 없는 시인의 가슴에는 이런 날 선 비수가 숨어 있다. 움직일 때마다 비수가 가슴을 찔러 나오는 피, 그 피를 가지고 그는 시를 썼다.

3. 등에 멘 달팽이 집

달팽이 등에는 집이 있다. 그 집은 시인이 짊어지고 가야 할 책임인 동시에 세상을 살아갈 힘이 되는 행복의 원형인 가족이다. 노동이 아무리 힘들지라도, 세상이 아무리 불합리하더라도 시인은 등에 집(가족)을 이고 있기에 살아갈 힘을 얻는다. 열기와 냉기에 가슴이 짓물러져도 등에 집을 메고 있기에 그 아픔을 참아낼 수 있는 것이다.

꿈자리 사납다고 출근하는 김 씨에게 소금을 뿌립니다

새벽밥 먹고 출근하지 마라는 아내의 말,
당긴 그물이 빈 바다라고
뱃머리를 뭍으로 돌릴 수는 없습니다
야위어가는 등을 먹고 쑥쑥 자라는 아이와
익어가는 아내의 아름다운 삶을 위해

도시락 뚜껑을 여니
붉은 강낭콩으로 하트를 그려 넣었습니다

잊지 마라는 붉은 강낭콩 하트는
사랑할 시간을 남겨두겠다며

원을 그리는 꽃무릇이 되었습니다

—「꽃무릇 핀 날」 전문

허기를 달래려 아내가 싸준 도시락을 먹으려고 뚜껑을 열었을 때 강낭콩 하트가 보였다면, 아마도 노동자는 일순간 허기와 피로가 동시에 사라질 것이다. 아무리 힘들어도 어깨를 펼 수 있으리라. 먹으면 밥 위에 있던 강낭콩 하트는 입으로 들어가 가슴속에 새겨질 것이다. 달팽이집에 숨겨진 사랑이다. 현실의 열기와 냉기에 부딪혀도 이길 수 있게 하는 힘의 원천이다.

차마 말하지 못했습니다 추운 겨울날 고기 파는 어머니를 따라다니며 조르고 졸라 라면을 끓였습니다 비싸다고 라면 하나와 그만한 양의 국수를 넣어서 끓인 라면을 그릇에 담을 때쯤, 어머니는 추운 바깥 날씨에 김이 무럭무럭 나는 라면에 코를 훌쩍거렸습니다 코를 빠뜨렸다고 생각한 나는 더러워서 못 먹는다고, 새로 사서 끓여달라고 떼깡을 부렸습니다 안 빠뜨렸다고 아들에게 사정하는 어머니는 결국 동태 열 마리를 팔아야 사는 라면 하나를 새로 끓였습니다

—「라면을 보면」 부분

시어들이 살아서 시 밖으로 툭 튀어나올 것처럼 생생

한 표현이다. 어머니에 대한 그리움과 아쉬움이 너무도 생생하게 떠오른다. 글이란, 시란 읽으면 머릿속에 이미지가 그려지는 것이 좋은 글이며 좋은 시이다. 그런 의미에서 이 시는 큰 감동을 준다.

> 불안한 마음 부여잡고 늘 마지막으로 간직해, 가끔 곰팡이가 피어도 하루 두 번 맞추는 시계처럼 한 번 과거 기억하고 한 번 다가오는 미래 지목하는 엄마의 비린내는 숱한 비틀리는 것을 제자리로 되돌리는 우물처럼 깊은, 처음이다
>
> —「비린내」 부분

시인의 어머니는 생선 장수였다. 어머니는 시인의 가슴에서는 안타까움이다. 그리고 어머니를 생각하면 언제나 상징처럼 비린내가 난다. 그 비린내는 어머니가 끓여주는 라면처럼 힘을 준다. 어머니는 비틀리는 나를 언제나 바로 세워주는 기둥이다. 나의 처음이자, 우물처럼 깊은 사랑을 주는 존재다. "비틀리는 것을 제자리로 되돌리는". 남이 그냥 지나치는 아스팔트 길을 시인은 외면하지 못하고 달팽이처럼 기어가며 온몸으로 아픔을 느끼며 시를 쓴다. 비틀리지 않는 아픔은 어디에도 없다. 어머니의 우물 같은 깊은 사랑은 그를 다시 제자리로 돌려놓는다. 달팽이가 짊어진 집 속에는 어머니의 사랑이 들어 있다.

진눈깨비 흩날려 손 시린 날

따뜻한 마중물에

무화과나무 잔가지의 고드름 떼내려 몸서리치며

한참을 끙끙거리다 끌려 나온 얼음물

손가락으로 얼굴을 찍을 때쯤

고함 소리에 놀란 손바닥은 목덜미까지 한 바퀴 휙 돌고

문간방 넘어 송곳으로 귀가 뚫린 일기장

쫑긋하다, 가슴 뚫어 해부당한 채 바닥으로 축 늘어져

손바닥 보듯 바라보는 아버지 눈을 피해

감춘 이야기 책상 깊숙이 실눈으로 졸고 있고

그리움이 우물에 빠진 날,

따뜻한 물 열 바가지 부어도

나오지 않는 마른 우물은

깊은 아버지를 퍼 올린다

—「마중물」 전문

달팽이가 등에 짊어진 집 속에 아버지도 담겨 있다. 이 시는 아버지를 그리워하는 마음이 담긴 시다. 1연은 어릴 적 아버지와의 추억이고, 2연은 그런 아버지에 대한 그리움을 담았다.

어릴 적 겨울에 마중물을 부어 펌프로 물을 퍼 올리던 기억이 연상된다. 어린아이는 퍼 올린 차가운 물로 세수를 하려고 한다. 그런데 차가운 물이 두렵다. 모은 손에 물을 가득 담아 세수를 하는 것이 아니라 손가락으로 차가운 물을 얼굴에 찍는다. 그런 그를 보고 아버지가 고함을 친다. 그 소리에 깜짝 놀라 차가운 물로 목덜미까지 씻는다. 그런 추억이 들어 있는 시이다.

어른의 시점으로 보면, 세상은 차가운 겨울과 같다. 시련은 온몸으로 열정을 다해 뚫고 나가야 한다. 손가락으로 차가운 물을 묻히는 소극적 행위로는 세수할 수 없는 것처럼 시련을 딛고(극복하고) 앞으로 나아가야 한다. 그런 아이를 보고 고함을 친다. 아버지의 고함은 거친 세상을 뚫고 나가는 힘이 된다. 아버지는 돌아가셨지만, 그런 든든한 기둥이 되어주신 아버지가 그립다.

4. 달팽이의 더듬이

달팽이는 두 쌍의 더듬이를 가지고 있다. 한 쌍은 눈 주위에 있으며 한 쌍은 입 주위에 있다. 눈 주위에 있는 더듬이는 갈 길을 찾는 데 필요하고, 입 주위에 있는 더듬이는 먹을 것을 찾는 데 필요하다. 김윤삼 시인의 눈 주위에 있는 더듬이는 노동자가 가야 할 길을 찾는다. 이 시집에서는 노동해방을 위해 투쟁하는 방식으로 표현이 되어 있다. 입 주위에 있는 더듬이는 먹을 것을 구하기 위해 노동하는 현장에 있는 더듬이이다.

하나. 노동해방의 길을 찾는 더듬이

김윤삼 시인은 30여 년 동안 노동조합 활동을 했다. 노동조합은 노동자를 대변하는 기구이다. 노동자를 대신해 그들의 권익을 옹호하고 핍박에 맞서 투쟁하며 노동자가 나아가야 할 길을 찾는다.

공구 통 들고 오르다 떨어진 생명을 매단
흔들리는 줄을 보며 부끄럽습니다

깃발을 내리지 않아야
저 줄이라도 가능합니다

—「깃발」 부분

노동자의 죽음을 겪은 그에게는 무엇보다 노동자의 생명이 중요했다. 깃발을 들고 노동자의 생명을 지키기 위해 투쟁했다. 그렇게 하지 않으면 생명을 매단 줄이 끊어지리라는 것을 알기 때문이다. 노동자 생명을 지키는 길을 찾는 더듬이가 발동한 것이다.

> 농성장에서 끓인 어묵국에 밥 말아
> 쉰 김치를 우걱우걱 먹습니다
> 평생 빨갱이 소리 들으며 다친 다리를 끌고
> 술로 세상을 탓하다 떠난 아버지를 감춘 어머니에게
> 밥 잘 먹고 일 잘하고 있다는 말만 합니다
>
> —「거짓말」 부분

> 깊게 젖은 밤은 밀물 썰물로 흐르다
> 갈아입지 못한 옷과 양말
> 소화전 물 시간에 맞춰 머리 감고 남은 물로 씻고 빨고
> 화장실 물로 사용하는 폐쇄된 공장
>
> 마르지 않은 붉은 머리띠를 묶고
> 살아 있음을 기억하는 고립된 농성장
>
> —「나갈 거야」 부분

시인은 농성장에서 노래를 부르고 구호를 외치며 숱한 날을 보냈다. 더 나은 노동의 길을 찾기 위한 투쟁이다. 열악한 상황을 겪으며 붉은 머리띠 질끈 묶고 노동자의

인간다운 삶을 찾기 위해, 바른길을 찾기 위해 투쟁한 것을 시로 썼다. 그의 시는 투쟁이며, 삶 자체다. 현대시에 유행하는 추상으로 미화된 시가 아닌 그 자체가 시이기에 빛이 나는 것이다.

투쟁에는 항상 핍박이 따른다. 몇 번이나 경찰에 체포되고 기소되어 벌금형을 받았지만, 형을 살지는 않았다. 하지만 그의 동지들이 투옥되고 해고가 되었다. 그런 동지들을 지켜보는 일은 뜨거운 아스팔트 길을 하얀 가슴으로 기어가는 아픔이었다.

잊은 적 없다, 출근
늦은 적 없다, 출근
빠진 적 없다, 출투

—「해고 1」 부분

뜨거운 철판만이 기억하는 여름

다시 온다는 당신은
안개 너머로 사라졌습니다
아롱거리는 열기가 계절에 지워져
해가 뜨면 사라지는 신기루처럼
언약이 낡아 없어질 때쯤

움푹 파인 상처 위로 동백이 피었습니다

—「해고 2」 부분

잊은 적 없다 말하고 떠난 너는

눈물 강을 건너왔다

지우고 나면 다시 인화되는 시간 속으로

아픈 벚꽃들 잎을 씻으며 갈지자로 떨어져

아주 낮게 흐느끼다 어깨가 젖는다

—「출옥」 부분

설명이 필요하지 않을 정도로 제목만 보아도 그 아픔을 느낄 수 있다. 그의 더듬이가 찾는 길은 농성장에서, 감옥에서 해고로 이어지는 역경의 과정이었으며, 열기와 냉기가 주는 고통 속의 아스팔트 위를 가는 길이었다.

둘. 밥을 찾는 더듬이—노동 현장에서의 삶

설 자리가 없어 살아 있는 것이 서투른 하루

초봄,

아침부터 내린 비는 저녁까지

하늘이 젖고

봄이 젖고

나무도 젖고 꽃도 젖습니다

가난한 창틀에서 떨어지며 노래도 부릅니다

뼈마디 마디마다 눈물로 박혀

서투른 삶 머리 흔들어 털어버리려

가슴에 불을 지펴도 설 자리가 없습니다

불확실한 언어로 연탄불 갈고

여섯 달 아들 재롱에 웃음이 흘러나와도

비가 오면

일거리 없어 돌아오는 삶은

허공에 발을 딛습니다

—「일터」 부분

조선소 하청노동자로 일하며 동료 가정의 고통을 보며 쓴 시다. 심리를 묘사한다는 것은 공감 능력이 뛰어나지 않고는 불가능한 일이다. 동료의 죽음을 공감하며 죽음에 대한 시를 적었다. 뜨거운 아스팔트 위를 자동차를 타고 편하게 갈 수도 있지만, 그는 다른 사람의 아픔도 자신의 아픔으로 받아들이며 뜨거운 아스팔트 위를 여린 가슴으로 가는 것이다.

5. 글을 맺으며

첫 시집 발문도 필자가 썼다. 그때 시는 순수함이다. 심성이 그대로 드러났기에 거친 표현이 조금 있었다. 하지만 이해하기 쉽고 공감이 되는 시였다. 쉽지만 결코 쉽게 쓰인 시가 아니었다. 두 번째 시집의 시를 대하고 절제된 시어로 삶을 엮어내는 감성에 정말 찬탄을 금치 못하였다. 첫 번째 시가 쉬운 시였다면, 두 번째 시집은 상상의 지평이 더 넓어졌다고 말하고 싶다. 확장성이 더 커졌다는 의미다.

두 번째 시집의 시를 대하고 달팽이를 연상했다. 그는 달팽이 같은 시인이다. 다른 사람이 그냥 지나치는 아픔도 자신의 아픔으로 승화하여 시를 쓰는 것은 다른 사람이 흉내 내지 못할 시적 힘이다. 필자의 필력이 여기에 미치지 못함이 아쉬움으로 남는다.

발문을 쓰며 문득 이런 생각이 들었다. '김윤삼 시인에게 부족한 내가 해줄 것이 있다는 것이 얼마나 다행인가' 라는. 김윤삼 시인은 나에게는 친동생 같은 사람이다. 꼭 지금처럼만 좋은 관계가 지속되었으면 하는 바람이다.

삶창시선

1 山河丹心 ___이기형
2 근로기준법 ___육봉수
3 퇴출시대 ___객토문학 동인
4 오래된 미신 ___거미 동인
5 섬진강 편지 ___김인호
6 늦은 오후에 부는 바람 ___젊은시 동인
7 아직은 저항의 나이 ___일과시 동인
8 꽃비 내리는 길 ___전승묵
9 바람이 그린 벽화 ___송태웅
10 한라산의 겨울 ___김경훈
11 다시 중심으로 ___해방글터 동인
12 봄은 왜 오지 않는가 ___이기형
13 거미울 고개 ___류근삼
14 검지에 핀 꽃 ___조혜영
15 저 많은 꽃등들 ___일과시 동인
16 참빗 하나 ___이민호
17 꿀잠 ___송경동
18 개나리 꽃눈 ___표성배
19 과업 ___권혁소
20 바늘구멍에 대한 기억 ___김형식
21 망가진 기타 ___서정민 유고시집
22 시금치 학교 ___서수찬
23 기린 울음 ___고영서
24 하늘공장 ___임성용
25 천 년 전 같은 하루 ___최성수
26 꽃과 악수하는 법 ___고선주
27 수화기 속의 여자 ___이명윤
28 끊어진 현 ___박일환
29 꽃이 눈물이다 ___강병철
30 생각을 훔치다 ___김수열
31 별에 쏘이다 ___안준철
32 화려한 반란 ___안오일